AF234310

CATALOGUE

DES LIVRES

FRANÇAIS ET ÉTRANGERS,

DES ESTAMPES

ET DES CARTES GÉOGRAPHIQUES

Composant la Bibliothèque et le Cabinet

DE FEU P.-A.-F. TARDIEU,

GÉOGRAPHE-GRAVEUR,

Dont la Vente se fera les 29 et 30 septembre 1828,
six heures de relevée,

EN SA MAISON, PLACE DE L'ESTRAPADE, N° 34.

*Les Adjudications auront lieu par le ministère de M. Durossé,
Commissaire-Priseur, place St.-André-des-Arcs, n° 30.*

PARIS,

GUIBERT, Libraire, rue Git-le-Cœur, n° 10.
POTRELLE, Appréciateur d'Objets d'Arts, rue des Vieilles-
Étuves, n° 5.

1828

ORDRE DES VACATIONS.

Lundi 29 septembre.

Nos 137	à	153,
1	à	4,
6	à	31,
33	à	42,
44	à	82,
84	à	90.

Mardi 30 septembre.

Nos 95	à	136,
91	à	94,
5, 32, 43, 83.		

Les Estampes et les Cartes géographiques.

IMPRIMERIE DE HUZARD-COURCIER,
Rue du Jardinet, n° 12.

CATALOGUE DES LIVRES

DE LA BIBLIOTHÈQUE

DE FEU P.-A.-F. TARDIEU.

1. Abrégé de l'Histoire générale des Voyages, par Laharpe. *Paris*, 1825, 24 vol. in-8. br., fig. et atlas.
2. Abrégé (nouvel) de Géographie universelle, par J.-B.-L.
Lallemand. *Paris*, 1821, 1 vol. in-8., br.
3. Affaire (de l') de la Loi des Élections, par M. de
Pradt. *Paris*, 1820, 1 vol. in-8.
4. Amours de Daphnis et Chloé, par Amyot. *Paris*,
1780, 1 vol. in-18, rel., fil., tr. d., édit. Casin.
5. Annales du Musée, par Landon, tomes 1 à 4.
6. Atlas du Commerce, par Leclerc. *Paris*, 1786,
1 vol. in-4.
7. Atlas du Voyage du jeune Anacharsis en Grèce. *Paris*, an VII, in-fol., en feuilles. Il y en a cinq exemplaires,
manque la grande carte de la Grèce.
— 3 ex. *dito* pap. vélin.
— 2 ex. *dito* grand papier d'Hollande avec les eaux
fortes des vues.
— 2 ex. *dito* papier d'Hollande, imparfaits.
— 3 ex. des cartes et plans.
— Atlas pour le Voyage d'Anacharsis. *Paris*, 1817,
1 vol. in-4.

8. Nouvelle Architecture hydraulique, par Prony. *Paris,* 1796, 2 vol. in-4., avec planches.

9. Art (l') de lever les Plans, par Dupain de Montesson. *Paris,* 1792, 1 vol. in-8., fig., rel.

10. Art (l') du Peintre-Doreur-Vernisseur, par Watin. *Paris,* 1785, 1 vol. in-8., br.

11. Aventures de Télémaque. *Paris,* 1824, 2 vol. in-8., pap. vél. satiné. Édit. Lefèvre.

12. Aventures de Télémaque. *Paris,* 1795, 4 vol. in-18, rel., v., tr. d.

13. Beaux-Arts et Perspective, par Bulos. *Paris,* 1825, 1 vol. in-12, br.

14. Bélisaire, par Marmontel. 2 vol. in-32, br. — Les Incas. *Paris,* 1821, 1 vol. in-32, br.

15. Biblia sacra (a theologis Iovaniensibus edita). *Antuerpiæ, Plantinus,* 1583, in-fol., r. mar., fil., tr. dr.

16. Le Bonhomme, par Rougemont. *Paris,* 1818, 1 vol. in-12, rel.

17. Calcul différentiel et intégral, par Cousin. *Paris,* 1796, 2 vol. in-4., rel. en un.

18. Chevaliers (les) du Cygne, par Mme de Genlis. *Paris,* 1795, 3 vol. in-8., rel.

19. Choix de Lectures géographiques et historiques, par Mentelle. *Paris,* 1783, 6 vol. in-8., br., avec cart.

20. Commentaires sur P. Corneille. *Paris,* 1774, 3 vol. in-18, rel.

21. Commentaires de M. P.-André Matthiolus, médecin Senois, sur Dioscoride, traduit du latin, par du Pinet. *Lyon,* 1627, 1 vol. in-fol., rel.

22. Comte (le) de Valmont 12e édition. *Paris*, 1807, 6 vol. in-8., br., fig. de Moreau, belles épreuves.

23. Contes de Lafontaine, édition Casin. 2 vol. in-18, rel. fil. tr. d.

24. Contes de Lafontaine. *Amsterdam*, 1776, 2 vol. in-12, fig., rel.

25. Correspondance de l'armée française en Égypte, interceptée par l'escadre de Nelson, par Simon. *Paris*, an VII, 1 vol. in-8, br.

26. Cours de Cosmographie, de Géographie et d'Histoire, en 125 leçons, par Mentelle. *Paris*, 1800, 3 vol. in-8., br., et atlas.

27. Cours élémentaire d'Équitation, par le marquis Ducroc de Chabannes. *Paris*, 1827, 1 vol. in-8., br.

27 *bis*. Cours de Physique et de Chimie, par Pierre Jacotot. *Paris*, an IX, 2 vol. in-8., br., et atlas in-4. de 61 pl.

28. Entretiens sur la Chimie, l'Économie politique, la Minéralogie et la Physique. *Paris*, 1825 — 1826, 4 vol. in-12, br.

29. Cultivateur (le) anglais, par Arthur Young, traduit de l'anglais. *Paris*, 1800—1801, 18 vol. in-8., fig.

30. Curiosités de Paris, de Versailles, de Marly, Vincennes, Saint-Cloud et environs. *Paris*, 1778, 2 vol. in-12, br.

31. Déportation et Naufrage de J.-J. Aymé. *Paris*, 1 vol. in-8., br.

32. Description de la Colonne de la place Vendôme, par Ambroise Tardieu. *Paris*, 1822, 1 vol. in-4., papier vélin, planches sur papier de Chine.

33. Description de la Nigritie, par M. P. D. P. *Paris,* 1789, 1 vol. in-8., br., avec cartes.

34. Dictionnaire d'anecdotes. *Paris,* 1808, 2 vol. in-8., brochés.

35. Espion (l') chinois. *Cologne,* 1773, 6 vol. in-12.

36. Esprit des lois, par Montesquieu. *Londres,* 1769, 8 vol. gr. in-12, br.

37. Esasi historique sur le commerce et la navigation de la mer Noire. *Paris,* 1805, 1 vol. in-8., br., avec cartes et plans.

38. États (les) de Blois, ou la mort de M. de Guise, scènes historiques, décembre 1588, 2ᵉ édition. *Paris,* 1827, 1 vol. in-8., br.
— Les Barricades, par le même auteur, 3ᵉ édition. *Paris,* 1827, 1 vol. in-8., br.

39. Étranger (l') en Irlande, par sir J. Carr. *Paris,* 1809, 2 vol. in-8., fig. d. rel.

40. Fables de Lafontaine. *Paris,* 1787, 6 vol. in-18, fig. de Coiny, v. f., tr. d., édition de Didot l'aîné.

41. Fleurs (les), idyles morales, par C. Dubos. *Paris,* 1808, 1 vol. in-8., br.

42. Fragmens d'un voyage en Afrique, par Golberry. *Paris,* 1802, 2 vol. in-8., br., avec grav.

43. Galerie de Florence, 48 livraisons in-fol., 1ʳᵉ souscription, exemplaire choisi.

44. Géographie élémentaire comparée, par Mentelle. *Paris,* 1783, 6 vol. in-8., br.

45. Harmonie hydro-végétale, par Rauch. *Paris,* an X, 2 vol. in-8., br.

46. Histoire ancienne, par le comte de Ségur. *Paris,* 1821, 10 vol. in-8., br., papier vélin et atlas.

47. Histoire ancienne, d'Angleterre, de France et générale, par Millot. *Paris,* 1788, 15 vol. gr. in-12, br.

47 *bis.* Histoire de la décadence de l'empire romain, par Gibbon. *Paris,* 1788, 18 vol. in-8., br.

48. Histoire de France pendant le XVIIIe siècle, par Lacretelle jeune, 3e édit. *Paris,* 1812, 6 vol. in-8., rel.

49. Histoire de France depuis la révolution de 1789, par Toulongeon. *Paris,* 1801, 3 vol. in-8., br.

50. Histoire de la guerre des coalitions contre la France, pendant les années 1805, 1806, 1807, par M. A. Liger. *Maëstrich,* 1808, 1 vol. in-8., br.

51. Histoire des guerres des Gaulois et des Français en Italie, par Jubé et Servan. *Paris,* 1805, 5 vol. in-8., br., et atlas.
— La même, 5 vol. in-8., papier vélin, et atlas, br.

52. Histoire d'Irlande, par Gordon. *Paris,* 1808, 3 vol. in-8., br.

53. Histoire du petit Jéhan de Saintré, par Tressan. *Paris,* 1791, 1 vol. in-18, br., pap. vél., fig. de Moreau.
-- Histoire de Gérard de Nevers, par Tressan. *Paris,* 1792, 1 vol. in-18, br., pap. vél., fig. de Moreau.

54. Histoire de Napoléon et de la grande armée, par Ph. de Ségur; 2e édition. *Paris,* 1825, 2 vol. in-8., br., avec carte.

55. Histoire philosophique des établissemens des Européens dans les deux Indes, par Raynal. *Genève,* 1781, 10 vol. in-8., et atlas.

56. Histoire de Russie sous Catherine II, par Tooke, traduite de l'anglais. *Paris*, 1801, 6 vol. in-8., br.

57. Histoire de Samuel, inventeur du sacre des rois, par Volney. *Paris*, 1820, 1 vol. in-12.

— Histoire sainte à l'usage de l'École Militaire. *Paris*, 1786, 1 vol. in-12, d. rel.

— Victoires et conquêtes des Français, par Bouvet de Cressé. *Paris*, 1824, 2 vol. in-12, fig., br.

58. Illiade d'Homère, traduite par Lebrun. *Paris*, 1809, 2 vol. in-12, rel. v., tr. d.

59. Instruction sur les nouvelles mesures. *Besançon*, an III, 1 vol. in-8., br.

60. Intrigue du cabinet, par Anquetil. *Paris*, 1809, 4 vol. in-12, rel.

61. Itinéraire de la France, par M. L. D. M. *Paris*, 1788, 2 vol. in-8., avec carte.

62. Jérusalem (la) délivrée, traduite par Lebrun. *Paris*, 1803, 2 vol. in-8., pap. vélin, fig. avant la lettre et eaux fortes, demi-rel., dos de maroquin.

— Jérusalem délivrée (la). *Paris*, 1792, 2 vol. in-8., brochés.

63. Journal de l'armée de Catalogne, en 1808 et 1809, par le maréchal Gouvion-Saint-Cyr. *Paris*, 1821, 1 vol. in-8., avec cartes et plans.

64. Lascaris, par Villemain. *Paris*, 1826, 2 vol. in-18, br.

65. Lettres d'un Cultivateur américain, par Crèvecœur. *Paris*, 1787, 3 vol. in-8., br.

66. Lettres à Émilie sur la Mythologie, par Dumoustier. 2 vol. in-12.

— L'Art de conserver la beauté, par Lami. *Paris,* 1 vol. in-18, fig.

— Voyage à Bruxelles et à Coblentz. *Paris,* 1823, 1 vol. in-18, br.

— Fables de Logman, par Marcel. *Paris,* 1803, 1 vol. in-18.

67. Lettres sur l'Éducation, par Bonin. *Paris,* 1825, 1 vol. in-12, br.

— Problêmes amusans d'Astronomie et de Sphère. *Paris,* 1825, 1 vol. in-12, br., fig.

— Raynal de la Jeunesse, par Nougaret. *Paris,* 1821, 1 vol. in-12, br.

68. Lettres inédites de madame de Maintenon et de madame la princesse des Ursins. *Paris,* 1826, 4 vol. in-8., br.

69. Lettres de madame de Maintenon. *Paris,* 1806, 6 vol. in-12, br.

70. L'hermite en Écosse, — en Irlande, — à Madrid. — L'hermite d'Épidaure. Paris 1825 — 1828, 8 vol. in-12, br., fig.

71. Nouveaux tableaux de Paris. *Paris,* 1828, 2 vol. in-12, br., fig.

72. Lois pour les États-Majors des places. *Paris,* 1813, imprimerie impériale, 1 vol. in-fol., br.

73. Martyrs (les), par Châteaubriand. *Paris,* 1809, 2 vol. in-8., rel.

74. Massacre de la Saint-Barthélemy (du), par Brizard, citoyen français. *Paris,* 1790, 2 vol. in-8., br.

75. Mémoire sur les Eaux minérales, publié par ordre du comité de salut public. *Paris,* an III, 1 vol. in-8., br.

76. Mémoires des Contemporains, Histoire des Naufragés de Calais, par le duc de Choiseul. *Paris*, 1824, 1 vol. in-8., br.

77. Mémoires du général Dumouriez, écrits par lui-même, avec portrait. *Hambourg*, 1794, 2 vol. in-12, brochés.

78. Mémoires justificatifs de la comtesse de Valois de la Mothe, écrits par elle-même. *Londres*, 1789, 1 vol. in-8., br.

79. Mémoires de Napoléon. *Paris*, 1823, 8 vol. in-8., br., cartes et plans.

80. Mémoires sur Napoléon, en 1815, par Fleury de Chaboulon. *Londres*, 1820, 2 vol. in-8., br.

81. Monarchie prussienne (de la) sous Frédéric-le-Grand, par Mirabeau. *Londres*, 1788, 7 vol. in-8., br. et atlas.

82. Muse française (la), Journal de poésies. *Paris*, 1823, 12 numéros, br.

83. Musée Napoléon, publié par Filhol, 10 vol. grand in-8., gravures avec la lettre, exemplaire choisi.

84. Naufrage de la Méduse, par Savigny et Coréard. *Paris*, 1817, 1 vol. in-8., br.

85. Nouveau Diable boiteux (le), Tableau philosophique et moral de Paris. *Paris*, an VII, 2 vol. in-8., br.

86. Nouveau Testament en latin et français, traduit par de Sacy. *Paris*, 1793, 5 vol. grand in-8., figures de Moreau, belles épreuves.

87. Nouvelles Méthodes pour la détermination des orbites des comètes, par Legendre. *Paris*, 1805, 1 vol. in-4.

88. Observations faites dans les Pyrénées, pour servir
de suite à des observations sur les Alpes. *Paris*, 1789,
2 vol. in-8., br.

89. OEuvres complètes de Bernardin de Saint-Pierre.
Paris, 1826, 12 vol. in-8., br., et cahier de fig.

90. OEuvres complètes de Buffon. *Paris*, an VII, 76 vol.
in-18, figures.

91. OEuvres complètes de Lafontaine. *Paris*, 1826,
6 vol. in-8., br., portrait.

92. OEuvres complètes de Montesquieu. *Paris*, 1796,
5 vol. in-4., br., fig.

93. OEuvres complètes de Voltaire, 70 vol. in-8., gr.
raisin, br., fig. de Moreau, édit. de Kehl.

94. OEuvres diverses de Laharpe. *Paris*, 1826, 16 vol.
in-8., br., et cahier de fig.

95. Passe-temps de J.-E. Despréaux. *Paris*, 1806, 2 vol.
in-8., br., pap. vél., carton.
— Le même, 2 vol. in-8., br., pap. ord.

96. Perspective des Batailles, par Lespinasse. *Paris*,
1809, 1 vol. in-8., br., fig.

97. Phénomènes de la Nature, par Collin. *Paris*, 1828,
1 vol. in-12, br.
—Les Miracles, par Collin. *Paris*, 1825, 1 v. in-12, br.

98. Primerose, par Morel de Vindé. *Paris*, 1798, 1 vol.
in-18, br., pap. vél., fig.
— OEuvres choisies de Gresset. *Paris*, an II, 1 vol.
in-18, pap. vél., fig. de Moreau.

99. La Pucelle, par Voltaire. *Paris*, 1780, 2 vol. in-18,
fig., rel. tr. d., édit. Casin.

100. Relation de l'Ambassade de lord Macartney à la.

Chine, en 1792, 1793 et 1794, traduit de l'anglais, *Paris*, an IV, 2 vol. in-8., demi-rel.

101. Relation des îles Pelew, par H. Wilson, trad. de l'anglais. *Paris*, 1788, 1 vol. in-4., fig.

102. Renseignemens sur l'Amérique, par Th. Cooper, trad. de l'anglais. *Paris*, 1795, 1 vol. in-8., avec carte.

103. De la Révolution française, par M. Necker. *Paris*, 1796, 4 vol. in-8., br.

104. La Sainte-Alliance, les Anglais et les Jésuites, par Grassi. *Paris*, 1827, 1 vol. in-8., br.

105. Science du Calcul, par Reyneau. *Paris*, 1734, 2 vol. in-4., rel. v. b.

106. Sermons de M. E. S. Reybaz, ministre protestant. *Paris*, 1801, 2 vol. in-8., br.

107. Statistique du département de la Roer, par A.-J. Dorsch. *Cologne*, 1804, 1 vol. in-8., br., avec cartes.

108. Du Système pénitentiaire en Europe et aux États-Unis, par Ch. Lucas. *Paris*, 1828, in-8., tom. Ier, le seul publié.

109. Théâtre de Collin d'Harleville. *Paris*, 1805, 4 vol. in-8., reliés.

110. Traité général des Pêches, par Duhamel-Dumonceau, 2 parties. *Paris*, 1772, 4 vol. in-fol., avec planches, demi-rel.

111. Traité sur le Commerce de la mer Noire, par Peyssonel. *Paris*, 1787, 2 vol. in-8., br.

112. OEuvres de E.-Q. Visconti, musée Pie-Clémentin, et musée Chiaramonti. *Milan*, 1819 — 1822, 8 vol. grand in-8., br.

113. Les Mille et une Nuits traduites par Galland, rev. par E. Gautier. *Paris*, 1822—1824, 7 vol. in-8., br., 21 fig.

114. OEuvres choisies de Parny. *Paris*, 1827, 1 vol. grand in-8. pap. vélin, collection Lefèvre.

115. Vie privée du maréchal de Richelieu. *Paris*, 1792, 2me édit., 3 vol. in-12.

116. Vie de Robinson Crusoé. *Paris*, an VIII, 3 vol. in-8., fig., br.

117. Voyages en Afrique, par Ledyard et Lucas, trad. de l'anglais par Lallemant. *Paris*, 1804, 2 vol. in-8., br., avec carte.

118. Voyages chez différentes Nations sauvages de l'Amérique septentrionale, par J. Long ; trad. de l'anglais par Billecocq. *Paris*, an II, 1 vol. in-8., br.

119. Voyage en Allemagne, par le baron de Risbeck, trad. de l'anglais. *Paris*, 1788, 3 vol. in-8., br. avec carte.

120. Voyages d'Anténor, par Lantier. *Paris*, 1820, 5 vol. in-18, br., fig.

120 *bis*. Voyage autour du Monde, fait par ordre du Roi, de 1819 à 1820, par M. Freycinet, capitaine de vaisseau. —Zoologie complète, 16 livraisons ; —Historique, 10 livraisons (il y en aura 24) ; — Botanique, 7 livraisons (il y en aura 12) ; — Observation du Pendule, 1 vol. in-4. ; — Hydrographie, 2 vol. in-4., et, atlas grand-in-fol. de 22 cartes. *Paris*, 1824 à 1828.

121. Voyage autour du Monde, par les capitaines Portlock et Dixon ; trad. de l'anglais par Lebas. *Paris*, 1789, 2 vol. in-8., br.

122. Voyage à la côte de Guinée, par Labarthe. *Paris*, 1803, 1 vol. in-8., br., avec carte.

123. Voyage en Crimée, par J. Reuilly. *Paris*, 1806.,
1 vol. in-8., br.

124. Nouveau Voyage en Espagne, par Bourgoing. *Paris*, 1789, 3 vol. in-8., br., cartes et fig.

125. Voyage dans l'intérieur de l'Afrique, par Mollien. *Paris*, 1820, 2 vol. in-8., br., avec fig.

126. Voyage du jeune Anacharsis en Grèce, par Barthélemy. *Paris*, an VII, 7 vol. in-4., pap. vél. et atlas (en feuilles).
6 exemplaires qui seront vendus séparément.
—Le même, 7 vol. in-8., et atlas, rel. v. d.
—Le même, édition Ledoux. 1821, 7 vol. in-8., br., et atlas.

127. Voyage en Grèce, par Chandler. *Paris*, 1806, 3 vol. in-8., br., avec cartes et plans.

128. Voyage en Grèce, par le comte de Choiseul-Gouffier, tome Ier, et Ire partie du tome II. *Paris*, 1782 — 1809; plus, un exempl. des 126 planches du tome Ier, superbes épreuves.

129. Voyages en Guinée et dans les îles Caraïbes en Amérique, par Paul Erdman Isert, traduits de l'allemand. *Paris*, 1793, 1 vol. in-8., br., fig.

130. Voyage dans le Jura, par Lequinio. *Paris*, an IX, 2 vol. in-8., br.

131. Voyage de Néarque, des bouches de l'Indus à l'Euphrate, traduit de l'anglais, par Billecocq. *Paris*, an VIII, 3 vol. in-8., br., fig.

132. Voyages de Pallas en Russie et dans l'Asie septentrionale, traduits de l'allemand. *Paris*, an II, 8 vol. in-8., br., et atlas.

133. Voyage dans la Haute-Pensylvanie, traduit de l'anglais. *Paris,* 1811, 3 vol. grand in-8., br., pap. vél. et atlas.

134. Voyage au Sénégal, par Labarthe. *Paris,* 1802, 1 vol. in-8., br., avec carte.

135. Voyage aux Terres australes, de 1800 à 1804, partie historique, rédigée par Péron et continuée par M. Freycinet. *Paris,* 1807-1816, 2 vol. gr. in-4., et 2 atlas.

136. Vue des provinces de la Louisiane, par Duvallon. *Paris,* 1803, 1 vol in-8., br.

137. 317 vol. de romans complets seront vendus en plusieurs lots.

138. 1 lot, dont Code de commerce; — Arithmétique de Barême; — Le Petit Labruyère, par Mme de Genlis, etc.

139. 1 lot, Catéchisme de Montpellier; — Histoire de la reine de Navarre; — Caractères de Labruyère.

140. 1 lot, Histoire d'Angleterre, par Millot; — Parallèle de la doctrine des païens avec celle des jésuites; — Traité de l'Orthographe de Restaut, etc.

141. Lot de volumes dépareillés.

LIVRES EN LANGUES ÉTRANGÈRES.

Livres anglais.

142. Conversations on political economy, 5e édition. *Londres,* 1824, 1 vol. in-12, cart.
— Conversations on Algebra, by W. Coole. *Londres,* 1818, 1 vol, in-12, cart.

143. Observations on the Geology of United States, by W. Maclure. *Philadelphie.* 1817, 1 vol. in-8., br.

Livres allemands.

144. Beautés de la nature en Autriche, par Sartory. *Vienne*, 1808, 6 vol. pet. in-8., br., fig.

145. Éphémérides générales de Géographie, par Gaspari et Bertuch. *Weimar*, in-8, années 1800-1801, 1806, 1807-1809, 1810-1811 ; manque plusieurs numéros et beaucoup de planches.

— Nouvelles Éphémérides, par Hassel, années 1822 à 1826, manque plusieurs cahiers et beaucoup de planch.

146. Hertha, journal de Géographie, d'Etnographie et de Statistique, par Berghaus et Loßmann. *Stuttgard* et *Tubingen*, 1825, in-8., cartes, 6 numéros br.

147. Introduction à la connaissance du ciel étoilé, par Bode. *Berlin*, 1792, 1 vol. in-8., d. rel.

— Explication de l'Astronomie et des sciences qui s'y rapportent, par Bode. *Berlin*, 1808, 2 v. in-8., br. en cart.

148. Manuel de Géographie et de Statistique, par Stein. *Leipsick*, 1817-1819, 3 vol. in-8., br.

149. Nouvelle Géographie universelle, par Muller. *Hoff*, 1805, 4 vol. in-8., d. rel.

150. Sources minérales de Bilin, par Reuss. *Vienne*, 1808, 1 vol. pet. in-8., fig., br. en carton.

151. Voyage en Norwège et en Laponie, par Léopold de Buch. *Berlin*, 1812, 2 vol. pet. in-8., fig., br.

152. Voyage et recherches en Grèce, par Brœnstedt. *Paris*, 1826, gr. in-4., fig., cart. à la Bradel, tome 1er le seul publié.

En espagnol.

153. Curso de quimica applicada a las artes. *Paris*, 1805, 2 vol. in-8., pap. vél., planches.

ESTAMPES ET CARTES GÉOGRAPHIQUES.

ALIAMET.

1. Grande chasse au Cerf, d'après Berghem. Estampe collée sur carton.

Le Matin, le Midi; deux sujets d'après Vernet. *Enc.*

AUDRAN (B.).

2. Élévation de la Croix, d'après Lebrun. *Enc.*

AUDRAN (J.).

3. La Pêche miraculeuse, la Résurrection de Lazare; deux sujets d'après Jouvenet. *Enc.*

La Résurrection de N. S. d'après Coypel. *Enc.*

Batailles d'Alexandre, d'après Lebrun; six sujets.

Batailles de Constantin, par Nicolas Tardieu; deux sujets.

BOIZOT.

4. Trois Têtes dessinées à la mine de plomb.

DAULLÉ.

5. Deux Vues d'après Vernet. *Enc.*

DELAUNAY (N.).

6. Le poète Anacréon, la Gaieté de Sylène; deux sujets d'après Baudoin. *Enc.*

MM. les Marchands d'estampes sont priés de remarquer les n°s 32, 43, 83 et 112 des livres; ces articles peuvent être à la convenance de quelques-uns d'entre eux.

DESNOYERS.

7. Bélisaire d'après Gérard, très belle épreuve avec la lettre, avant les trois points et portant le cachet à trois têtes. *Enc.*

DESPLACES (L.).

8. Le Calvaire d'après Annibal Carrache. *Enc.*
   Bouquet de fleurs dessinées. *Enc.*

DREVET (C.)

9. Portrait de Guillaume de Vintimille, archevêque de Paris.

DREVET FILS (P.).

10. Adam et Ève d'après Coypel.

DUCHANGE (G.).

11. Les Vendeurs chassés du Temple ; le Repas chez le Pharisien ; deux sujets d'après Jouvenet. *Enc.*

DUCLOS.

12. Le Concert, le Bal paré ; deux sujets d'après Saint-Aubin. *Enc.*

EDELINCK (G.).

13. La Madeleine d'après Lebrun. *Enc.*

———————

14. Figures des Épîtres, gr. pap. avant la lettre, manque le n° 16.

FLIPART.

15. Notre Seigneur à la Piscine, d'après Diétricy. *Enc.*

FORSTER.

15. Deuxième Grand Prix de Gravure. *Enc.*

GODEFROY et LINGÉE.

16. Portrait du Ier consul Bonaparte, en pied, d'après Isabey. *Enc.*

GUTTEMBERG.

17. Joseph II supprimant les couvens en Autriche, d'après Defrance. Estampe collée sur carton.
   Le Mercure de France, le Concert agréable ; deux sujets d'après Lawrens. *Enc.*

INGOUF.

18. Le Retour du Laboureur, d'après Benazech. *Enc.*
   Les Canadiens au Tombeau de leurs Enfans, d'après Le Barbié. *Enc.*

JAZET.

19. Le Soldat de Waterloo, épreuve avant la lettre.

MASQUELIER fils.

20. Premier Grand Prix de Gravure. *Enc.*

MASSARD (Urbain).

21. Homère, d'après Gérard, très belle épreuve avec la lettre. *Enc.*

MASSON.

22. Portrait du duc d'Harcourt, d'après Mignard.

MOITTE.

23. Les OEufs cassés, le Geste napolitain ; deux sujets
d'après Greuze. *Enc.*

MORGHEN (Raph. et Ant.).

24. La Transfiguration, d'après Raphaël. *Enc.*

PIRANÈSE.

25. Vue de ruines.

PORPORATI.

26. Vénus caressant l'Amour, d'après Battoni. *Enc.*

SAYER.

27. Revue de Frédéric II , — Mort du comte Schwerin ;
deux sujets. *Enc.*

SCHMUZER.

28. Mutius Scévola, — Saint Ambroise et l'empereur
Théodose; deux sujets, d'après Rubens. *Enc.*

TARDIEU (Alex.)

29. La Communion de saint Jérôme, épr. avant la lettre.

TARDIEU (Ambroise).

30. Portraits des députés, écrivains et pairs constitution-
nels, 38 livraisons.

TRIÈRE.

31. Saint Jérôme au désert, d'après Rivière, ép. avant la
lettre. *Enc.*

WILLE (J.-G.).

32. La mort de Marc-Antoine, d'après Battoni. *Enc.*
La mort de Cléopâtre, d'après G. Netscher. *Enc.*

WOOLLETT.

33. Les joyeux Villageois.
Les Faneurs.
Les Cueilleurs de pommes; collé sur carton.
Macbeth; collé sur carton.
Le combat de la Hogue; belle ép. avec la lettre. *Enc.*
34. 1 lot d'Estampes, dont Pierrot, par Mecou; —Leçon d'humanité, par Morel; — Eau forte d'Œdipe, par Pillement; —Liberté du braconnier, par Ingouf; — Fête flamande, par Fessard; —Désiles à Nancy, par Fessard. — 2 Muses, par Duvivier.
35. 1 lot de Vignettes diverses B.
36. 1 lot de Vignettes diverses C.
37. 1 lot de Gravures diverses E.
38. 1 lot de Cartes diverses.
2 ex. Carte de Turquie.
39. 1 lot de Cartes, faisant partie de l'Atlas universel de Mentelle.
40. 1 lot de Cadres.
41. Vues pittoresques des principaux Châteaux des environs de Paris, par Blancheton. Livraisons 6, 7 et 8.
42. Portraits des Contemporains étrangers, par Mauzaisse et Grevedon. 1re livraison.
43. Lot de Lithographie savoir : Odalisque d'après Girodet; —l'Étude dérangée par l'Amour; —Agar et

Ismaël dans le Désert ; — la Belle Jardinière ; — les Boudeurs.

44. Alphabet des Dames, par Grevedon. Livraisons 1 et 2.

45. Souvenirs du Théâtre anglais, par Deveria et Boulanger. Livraison 1re et deux livraisons 2e.

46. Album pittoresque de la frégate *la Thétis*, 1re livraison. — Portraits de Talma, Mlle Mars et Marguerite d'Écosse.

47. Lot de Lithographies, sujets de l'Histoire de Psyché d'après Fragonard, cinq pièces.

48. Lot de Lithographies, dont portrait de Bourdon ; — Elzelina d'après Girodet ; — le Vieillard sans souci ; — Combat de Navarin.

49. Portrait de Jean-Bart, gravé par Bernardini, d'après Rigaud, plusieurs épreuves.

50. Nombre d'autres bonnes Estampes, Vignettes et Lithographies seront vendues sous ce numéro.

FIN.